GUÍA DE LECTURA

Escrita por Marine Everard
Traducida por Laura Soler Pinson

La condición humana

de André Malraux

ANDRÉ MALRAUX

ESCRITOR Y HOMBRE POLÍTICO FRANCÉS

- **Nacido en 1901 en París (Francia)**
- **Fallecido en 1976 en Creteil (Francia)**
- **Algunas de sus obras:**
    - *La condición humana* (1933), novela
    - *La esperanza* (1937), novela-testimonio
    - *La cuerda y el ratón* (1976), autobiografía

André Malraux (1901-1976) es un escritor y un político francés. Milita contra el fascismo y lucha junto a los republicanos durante la Guerra Civil española. A continuación, se enrola en la Resistencia durante la Segunda Guerra Mundial. Mantiene una relación cercana con el general De Gaulle y ocupa el cargo de ministro de Cultura de 1959 a 1969.

Es el autor de novelas como *La condición humana* (1933) y *La esperanza* (1937, novela-testimonio acerca de la guerra de España), de ensayos políticos, de escritos sobre arte y de una autobiografía en dos partes, *Antimemorias* (1967) y *La cuerda y el ratón* (1976).

LA CONDICIÓN HUMANA

UNA REFLEXIÓN ACERCA DE LA CONDICIÓN HUMANA

- **Género:** novela
- **Edición de referencia:** Malraux, André. 1997. *La condición humana*. Traducido por César A. Comet. Barcelona: Edhasa. E-book en PDF
- **Primera edición:** 1933
- **Temáticas:** China, revolución, drama, humanidad, comunismo

Las estancias de Malraux en Indochina y en China inspiraron sus primeras novelas: *Los conquistadores* (1928), *La vía real* (1930) y *La condición humana* (1933). Esta última repasa las acciones de un grupo de revolucionarios en la China de los años treinta, con la insurrección de Shanghái en 1927 como telón de fondo. En este marco histórico, los destinos individuales se cruzan y encarnan lo trágico de la condición humana. La novela obtiene el Premio Goncourt en 1933 y otorga una gran notoriedad al autor.

RESUMEN

EL COMERCIANTE DE ARMAS

La acción se sitúa en China, en marzo de 1927, en vísperas de la insurrección comunista. Chen, encargado de asesinar a un comerciante de armas para recuperar un documento de entrega de armas del que se quieren apropiar los revolucionarios, se queda ensimismado contemplando al hombre que debe matar, que duerme bajo una mosquitera. Aunque está atenazado por la angustia y la fascinación, termina por apuñalarle.

A continuación, se dirige a la tienda de Hemmelrich, donde entrega el documento a Kyo y a Katow, jefes comunistas y organizadores de la insurrección instaurada junto a los nacionalistas de Chiang Kaishek, lo que genera tensiones entre ambas partes. Kyo paga al lunático barón de Clappique para que mande mover el Shang-Tung, el barco donde se encuentran las armas. Cuando vuelve a su casa, su mujer May le anuncia que se ha acostado con otro hombre. Kyo no puede evitar que lo invada el dolor y la humillación, pero Clappique los interrumpe para informar a Kyo de que ha ordenado desplazar el barco.

Por su parte, Chen le cuenta a Gisors, el padre de Kyo, que ha matado a alguien por primera vez. Desde entonces, se ha apoderado de él una extraña fascinación. También le revela que se siente solo, y que tiene la impresión de que está separado del resto de los hombres. Gisors se muestra impotente ante esta confesión.

LA INSURRECCIÓN

Katow y sus hombres, disfrazados de soldados del Gobierno, montan a bordo del Shan-tung y se hacen con las armas. Más tarde, se unen a Kyo y se van a distribuir las armas a las distintas secciones de combate de la ciudad. La insurrección puede comenzar. Al día siguiente, a las 11 de la mañana, se instaura la huelga general. Ferral, el presidente de la Cámara de Comercio francesa, y Martial, el director de la policía, hablan sobre los acontecimientos. El ejército revolucionario, liderado por Chiang Kaishek, representante de los nacionalistas del Kuomintang, entra en Shanghái.

Comienza la insurrección. Chen está a la cabeza de un grupo de combate. Desarman dos puestos de policía. Ferral y Martial siguen el avance de los insurgentes. Cuando Ferral recibe al dirigente de los bancos de Shanghái, lo convence de que apoye financieramente a Chiang Kaishek: quiere evitar la instauración de un gobierno comunista para proteger sus intereses económicos y comerciales. Una vez que los comunistas hayan sido aplastados, volverán los capitales y el gobierno de Chiang Kaishek se convertirá en un socio comercial privilegiado.

Al día siguiente, Kyo, Chen y Katow debaten acerca de la estrategia que hay que adoptar frente al creciente poder de los «burgueses» (Malraux 1997, 93) del Kuomintang. Los comunistas han sido arrinconados dentro del gobierno revolucionario, que quiere desarmar las secciones obreras. Al final, el ejército revolucionario llega y confirma la victoria total de los insurgentes.

ENTREGAR LAS ARMAS

Para conocer la posición del partido comunista, Kyo decide ir a Han-Kow, sede de las fuerzas comunistas. Allí, se encuentra con Vologuin, representante de la Internacional Comunista, a quien expone las reivindicaciones de los obreros de Shanghái, sus deseos de no entregar las armas y de abandonar el Kuomintang. Pero Vologuin hace trizas sus ilusiones: Moscú ha dado la orden de entregar las armas y de esperar. Llega a su vez Chen para defender su proyecto de asesinar a Chiang Kaishek: a pesar de las órdenes, se marcha, resuelto a matarlo. Kyo, dividido entre la obediencia al partido comunista y la confianza de sus camaradas, decide, por su parte, mantener las secciones obreras.

Tras un atentado fallido contra Chiang Kaishek, Chen, ayudado por Suen y por Pei, va a casa de Hemmelrich, que se niega a acogerlos con sus bombas. No quiere poner en peligro a su familia. Desesperado, Chen decide tirarse bajo las ruedas del coche de Chiang Kaishek con la bomba.

Clappique se reúne con un policía llamado Chpilewski, que le aconseja que abandone la ciudad, puesto que se le busca por un asunto de barcos (Malraux 1997, 121). Clappique se dirige enseguida a casa de Kyo para avisarle de la amenaza que pesa sobre él por el episodio del Shang-tung. Kyo entiende que ha empezado la represión contra los comunistas, pero a pesar del peligro, decide ir al comité acompañado por May.

EL ATENTADO

Katow va a casa de Hemmelrich con la esperanza de encontrar allí a Chen. Por su parte, Hemmelrich está avergonzado por no haber acudido en su ayuda. Exaltado por la mística del acto terrorista, Chen se tira bajo las ruedas del coche de Chiang Kaishek, aunque después nos enteramos de que el general no se encontraba dentro del vehículo. El joven revolucionario recobra la conciencia y se mata con su revólver.

Esa misma noche, Chiang Kaishek manda aplastar a los comités comunistas: Clappique tiene que encontrarse con Kyo para informarlo, pero está jugando a la ruleta, deja pasar el tiempo y no llega a verlo. Tras haber esperado en vano a Clappique, Kyo y May acuden a la reunión del comité: de camino, Kyo es arrestado. Se lo llevan provisionalmente a la prisión de derecho común, un lugar abyecto y espantoso. Para que Kyo no sea fusilado, Clappique media con König, el jefe de seguridad del general. Sin embargo, este último, movido por su odio hacia los comunistas, lo condena a muerte. Sin embargo, Kyo escapará a la tortura al suicidarse con cianuro. Destrozados por el dolor, May y Gisors velarán su cuerpo.

CONTINUAR LA LUCHA

Los soldados de Chiang Kaishek dan caza a los comunistas y cierran a la fuerza las uniones obreras. Hemmelrich descubre los cuerpos de su mujer y de su hijo destrozados por las granadas. Entonces, se dirige a la «Permanencia», donde Katow y sus camaradas organizan su defensa. Mientras los arrestos se intensifican, Clappique busca una forma de huir: se disfraza de marinero y consigue embarcar a bordo de un barco francés.

Asediados y heridos, Katow y Hemmelrich sienten que llega su hora, pero este último, movido por la venganza, mata a un soldado en el cuerpo a cuerpo, se viste con su uniforme y consigue escapar. Llega hasta la URSS, donde continuará la lucha comunista.

En un acto de abnegación sublime, Katow, que se encuentra en un patio junto a cientos de prisioneros, da su dosis de cianuro a dos hombres condenados a ser quemados vivos. Les salva así de una muerte atroz y se queda solo.

Durante una reunión en París en el mes de julio, Ferral, que también ha escapado de China, debe convencer a los representantes de los bancos y del gobierno que financien la continuidad del consorcio franco-asiático. Tras una conversación donde imperan los eufemismos y la hipocresía, Ferral fracasa y predice el fin del consorcio.

May, que parte hacia la URSS, se despide de Gisors, retirado en Japón, donde lleva una vida contemplativa y serena, ya que la muerte de Kyo ha terminado por separarlo definitivamente de los hombres. Al igual que Hemmelrich y Pei, May seguirá luchando en el terreno abonado por los muertos.

ESTUDIO DE LOS PERSONAJES

GISORS

Gisors es el padre de Kyo, al que ama profundamente. Es un antiguo profesor de sociología en la Universidad de Pekín, destituido por sus enseñanzas marxistas. Es el padre político de Kyo y de Chen, aunque se queda al margen de la acción, que abandona por completo cuando muere Kyo por «mundos de contemplación [...] en los que todo es vano» (Malraux 1997, 254).

Es un anciano de 60 años, intoxicado por el opio, lleno de sabiduría y de inteligencia, al que todo el mundo hace confidencias. Es indulgente, escucha y busca la verdad sobre la naturaleza humana: «Su pensamiento vagaba, sin embargo, en torno al mundo y en torno a los hombres con una áspera pasión [...]» (Malraux 1997, 50). Alrededor de su figura se articulan los instantes de reflexión de la novela, a través de diálogos en los que los personajes se hacen preguntas acerca del sentido de la vida y de la naturaleza del hombre.

KYO

Kyo puede ser considerado el personaje central de la novela. Es el hijo de Gisors y quiere a May con un amor intelectual, libre de celos (a los que, aun así, se entrega cuando ella le informa de que ha mantenido relaciones con otro hombre).

Es mestizo, con una «cara de samurai [sic]» (Malraux 1997, 29), de origen franco-japonés, y es también uno de los organizadores de la insurrección. Es un jefe revolucionario disciplinado y estricto, convencido de que «las ideas [estaban hechas para ser] vividas» (Malraux 1997, 48). Movido por un deseo de actuar y guiado por el principio de dignidad (lucha contra la humillación de los trabajadores y se suicida para conservar su dignidad), se entrega por completo a la acción. Es íntegro y no separa su vida privada de su compromiso político. Se suicida con cianuro cuando es hecho prisionero; es el dueño de su muerte y obtiene una victoria moral sobre sus opresores.

MAY

May es la mujer de Kyo. Es una doctora de origen alemán y encarna la dimensión femenina de la revolución, a pesar de que solo se entiende a través de Kyo. De hecho, este no separa el amor que siente por ella de la causa que defiende. Mitad amante, mitad camarada, es «medio viril» (Malraux 1997, 254) y «no muy bonita» (Malraux 1997, 33), pero tiene una «boca sensual» (Malraux 1997, 33). Cuando Kyo muere, decide serle fiel y dedicarse a la revolución en Rusia.

KATOW

Katow es el brazo derecho de Kyo. Es un militante aguerrido de origen ruso, con un largo historial revolucionario (fue condenado a trabajos forzados, fue dado por muerto tras una ejecución y participó en los acontecimientos de 1917 en Rusia). Es, sin duda, el personaje más generoso y más equilibrado de la novela, dotado de un humanismo sincero que llega a su punto álgido cuando hace «aquel don superior a su vida» (Malraux 1997, 234), el don de su muerte (ofrece su cianuro a dos militantes y se resigna así a una muerte atroz).

CHEN

Chen es un personaje atormentado y solitario, a pesar de la amistad que le muestran Kyo y Gisors. Ha recibido una educación religiosa que se ha transformado en fe política bajo la influencia de Gisors. El asesinato del comerciante de armas es un acto fundador tanto de su evolución como de la novela. Esto lo introduce en el «mundo del crimen» (Malraux 1997, 6) y lo separa radicalmente de los hombres. A partir de ese momento, es invadido por una fascinación erótica por la muerte y el terrorismo. Es presa de angustias metafísicas («los pulpos» de sus pesadillas) y se muestra devastado por un mal interno, por lo que la mística del terrorismo termina por ganarle la partida al objetivo político. El atentado suicida contra Chiang Kaishek es para él una manera de alcanzar «la posesión completa de sí mismo» (Malraux 1997, 139). Es un acto exaltado, estrictamente individual, que no influye en la salvación colectiva (a diferencia del suicidio de Kyo).

EL BARÓN DE CLAPPIQUE

Es un personaje que guarda relación con la tragicomedia (de ahí su nombre). Es un bufón extravagante que aporta una nota burlesca en una novela dominada por el drama, y que provoca tanto risa como inquietud. Es algo parecido a un comerciante de arte, es el rey de los timos y un mitómano (mentiroso compulsivo) que vive en un universo ficticio desprovisto de valores. Huye en cuanto tiene que comprometerse de verdad (juega a la ruleta en vez de avisar a Kyo del peligro que corre, por ejemplo). De hecho, no tiene familia o algún amigo auténtico. Lo persigue el miedo a la muerte e intenta huir de la vida real sumergiéndose en el alcohol y en las relaciones efímeras.

HEMMELRICH

Hemmelrich es un militante pobre y humilde. En cierta manera, encarna la condición obrera. Su vida está llena de sufrimiento, de miseria y de humillación. Tiene una mujer y un hijo muy enfermo que le aportan más dolor y culpabilidad que felicidad. Es una figura marcada por el patetismo. Su tienda sirve como lugar de reunión, pero no puede ofrecer un compromiso real con la acción revolucionaria por sus responsabilidades familiares. Cree que mediante la inacción está traicionando sus sueños. La frustración lo convierte en un ser hosco y amargado, y la vergüenza se apodera de él cuando tiene que negarle su hospitalidad a Chen (que lleva una bomba).

Sin embargo, a lo largo de la novela sufre una metamorfosis: su hijo y su mujer son asesinados durante la represión, y esto le procura una «terrible libertad» (Malraux 1997, 194) y le permite entrar en acción. Entonces, él mismo se ve como un héroe que desconocía. A través de May, se nos informa en el epílogo de la novela que acaba trabajando en la URSS, donde parece haber encontrado un sentido a su vida.

FERRAL

Ferral es una figura de autoridad y de prestigio. Es el presidente de la Cámara de Comercio francesa y del consorcio franco-asiático. Es ambicioso y arribista, y, sin escrúpulos, lleva a cabo una gran cantidad de maniobras políticas para aplastar el comunismo en China, con el objetivo de servir a los intereses económicos y comerciales del consorcio. Malraux lo utiliza para denunciar el colonialismo económico de las potencias occidentales y para encarnar la ideología capitalista. Así, está caracterizado por el deseo de poder y de dominación. Es egoísta, despectivo y misógino.

CLAVES DE LECTURA

UNA NOVELA HISTÓRICA

La novela explora los sobresaltos políticos en la China de los años veinte. Se concentra sobre los pocos días que duró la insurrección de Shanghái y sobre la masacre de los comunistas en 1927, y cuenta de forma detallada los acontecimientos. Sirve como testimonio, dado que se publica en 1933, a pesar de que Malraux no se encontraba en el lugar en el momento de los hechos (recibía información a través de un periodista). En cualquier caso, la novela revela el conocimiento sutil del autor sobre los conflictos ideológicos y los retos políticos de su época, más allá incluso de los acontecimientos de Shanghái. La multitud de puntos de vista y los diálogos entre los distintos personajes nos relatan, con matices, cuáles son las fuerzas presentes: nos enteramos de que existen dos tipos de comunismo, el de Kyo y el de Moscú, y dos tipos de capitalismo, el de Ferral y el de los banqueros europeos.

La insurrección que se presenta en *La condición humana* es organizada de manera conjunta por los nacionalistas del Kuomintang (el ejército de Chiang Kaishek que viene del sur) y los comunistas (las secciones obreras que se han organizado *in situ* y que se encuentran a las órdenes de Moscú), contra el gobierno de Shanghái y «su dictador militar» (Malraux 1997, 4), vendido a «los jefes de guerra y a los comercios de Occidente» (Malraux 1997, 4). Pero Chiang Kaishek, que cuenta con el respaldo de las potencias extranjeras, rompe la alianza y se vuelve contra los comunistas. La represión deja varios miles de muertos.

Sin embargo, Malraux realiza una transcripción novelesca de los acontecimientos históricos: junto a la verdad histórica aparecen elementos de ficción, lo que convierte a su obra en una novela histórica. Por ejemplo, Chiang Kaishek es un personaje histórico real, mientras que Kyo solo está influido por la personalidad política de Zhou Enlai, organizador histórico de la insurrección de Shanghái. En la realidad, este escapa a la represión y se convierte en ministro de Mao Zedong cuando se instala el comunismo en China, mientras que en la novela, Kyo es arrestado en abril de 1927 y decide suicidarse.

UNA REFLEXIÓN SOBRE LA CONDICIÓN HUMANA

Tal y como se indica en el título, la novela está destinada a trascender las referencias históricas para acceder a una dimensión filosófica. La ciudad de Shanghái es un marco político donde se enfrentan fuerzas e ideologías opuestas, pero también es un espacio irreal en el que el hombre se ve confrontado con el misterio de su condición. En esta obra, se desprende un cierto universalismo de la gran cantidad de nacionalidades de los personajes (rusa, belga, francesa, china, japonesa, alemana).

En *Las voces del silencio* (1951), Malraux desvela que «antaño contó la historia de un hombre que no reconoce su voz cuando la acaban de grabar, porque por primera vez la escucha a través de sus oídos y no a través de su garganta; y como solo nuestra garganta nos transmite esta voz interior, [llamó] a este libro *La condición humana*»[1]. Así, da a entender que el auténtico asunto sobre el que trata la novela es la condición humana, y que este punto se apoya en dos temas importantes:

- el tema de la soledad inalterable, primitiva y trágica, que rodea a casi todos los personajes (Kyo es el único que escucha su voz interior y que no reconoce su voz en la grabación; Chen es presa de una «terrible soledad», Malraux 1997, 8, etc.);
- el tema de la angustia ante una muerte segura y ante el terror de lo inhumano («los pulpos del sueño» de Chen, Malraux 1997, 112; «la angustia y la obsesión de la muerte» de Gisors, Malraux 1997, 50).

Cada personaje encarna una actitud diferente frente a la existencia, y responde así al interrogante fundamental que Malraux sitúa en Gisors: «¿Qué hacer de un alma, no existiendo ni Dios ni Cristo?» (Malraux 1997, 48).

- Gisors y Clappique se refugian en subterfugios abstractos: Gisors escapa de sus angustias a través de la «benevolente indiferencia» del opio (Malraux 1997, 51) y, tras la muerte de su hijo, se retira por completo de los asuntos humanos y entra en el mundo sereno de la contemplación; Clappique se sitúa en un rechazo permanente de la realidad (la mitomanía, el alcohol, la elusión de responsabilidades a través del juego). Se muestra fanfarrón («Yo soy inmortal», Malraux 1997, 181) para olvidar mejor su

---

1. Cita traducida por ResumenExpress.com

pavor a la muerte, decide «ignorar la vida» (Malraux 1997, 200).

- Kyo, Katow, Chen y Ferral eligen el terreno de la acción: Chen está fascinado por el asesinato, cree que alcanza la plenitud por y en la muerte; Ferral se ve movido por una voluntad de poder y de dominación, su acción es egoísta; Kyo y Katow deciden dar vida a sus ideas. Hacen de su vida algo útil al luchar contra la humillación de los trabajadores, por un futuro mejor.

Finalmente, se destacan dos medios que permiten que escapemos a nuestra condición solitaria y mortal y a la absurdidad:

- el amor total, absoluto (más allá del erotismo) de May y Kyo, que se confunde con el compromiso revolucionario (y no el amor misógino y dominador de Ferral o el obstáculo familiar de Hemmelrich);
- la lucha honesta y generosa de los militantes comunistas (en particular, de Kyo y Katow), que logran dar un sentido a su vida y escapar de la soledad a través de la fraternidad. Su muerte es razonada y aceptada (escena del suicidio de Kyo, «don superior a su vida» de Katow, Malraux 1997, 234): «Cada uno de aquellos hombres había sido rabiosamente la única grandeza que pudiera ser la suya» (Malraux 1997, 229).

Esta dimensión filosófica de la novela la acerca a la corriente existencialista (representada sobre todo por Sartre y por Camus) que defiende la idea de que el hombre se define por sus actos (no por una esencia innata).

LA INFLUENCIA DEL CINE

En muchos aspectos, la técnica narrativa y descriptiva de Malraux toma prestados elementos y procedimientos que recuerdan al arte cinematográfico. Los vemos:

- en la composición de la novela. Las dos primeras partes relatan hora a hora la insurrección de Shanghái de los días 21 y 22 de marzo de 1927; las partes tercera, cuarta y quinta escenifican la resistencia de los comunistas durante la represión, en torno al 11 de abril; el desglose por días y por horas nos hace pensar en la elaboración de un reportaje o de un documental;
- en la sucesión de escenas. Por lo general, son breves, cada una se centra en un personaje diferente y cuentan la acción por saltos temporales, por instantáneas, y esto nos remite a la alternancia de secuencias en una película;
- en la narración. Algunas técnicas narrativas, como el enfoque interno (la escena de apertura a través de los ojos de Chen, la llegada a Han-Kow a través de los ojos de Kyo), el efecto de zoom (en el íncipit: el pie del comerciante de armas; en la prisión: la mano de Kyo sobre los barrotes, etc.);
- en el juego de claroscuros. El contraste entre la sombra y la luz forman la atmósfera misteriosa de la novela, y es un elemento que resulta determinante en numerosos pasajes (la entrevista con Clappique que enciende un cigarro, etc.).

LA RIQUEZA DEL ESTILO

La condición humana es muy rica desde un punto de vista del estilo. El autor alterna momentos de acción y de reflexión, los pensamientos filosóficos y las evasiones líricas. De manera muy general, podemos distinguir dos tipos principales de escritura en la novela:

- una escritura casi periodística, caracterizada por un ritmo rápido y elíptico, con frases breves y precipitadas, a veces nominales, a veces abruptas. Este tipo de escritura corresponde a las escenas de acción de la novela.
- Podemos citar, por ejemplo, el asalto al puesto de policía: «En cinco minutos, entraron tres granadas por las dos ventanas a las que se habían apuntado; otra hizo que saltase el cobertizo. Sólo la del centro no era alcanzada. «¡La del medio» —gritó el cadete—. Chen le miró» (Malraux 1997, 75). También encontramos esta escritura con la muerte de Chen: «Se acercaban. Recordó que debía coger su revólver. Intentó alcanzar el bolsillo de su pantalón. No tenía bolsillo, ni pantalón, ni pierna, sino carne triturada. El otro revólver estaba en el bolsillo de su camisa» (Malraux 1997, 179);
- una escritura más clásica, más densa, caracterizada por frases amplias y acompasadas, a veces gráficas, que corresponden a los instantes de reflexión de la novela. Este es el caso, por ejemplo, de Chen, cuando se encuentra frente a la ciudad de Shanghái tras el asesinato del vendedor de armas, cuando se presentan los pensamientos de Gisors, en la escena de la ruleta, en el momento del suicidio de Kyo, etc. El autor nos ofrece entonces máxi-

mas filosóficas: «No se conoce nunca a un ser; pero, a veces, se deja de sentir que se le ignora» (Malraux 1997, 172); «es bueno para uno morir de su muerte, de una muerte que se asemeje a su vida» (Malraux 1997, 231). También se entrega a la poesía pura: «De pronto, a través de lo que quedaba de bruma, apareció sobre la superficie de las cosas la luz mate de la luna. Clappique levantó los ojos. La luna acababa de surgir de una playa desgarrada de nubes muertas y derivaba con lentitud por un agujero inmenso, sombrío y transparente, como un lago con sus profundidades llenas de estrellas» (Malraux 1997, 185).

PISTAS PARA LA REFLEXIÓN

ALGUNAS PREGUNTAS PARA PROFUNDIZAR EN SU REFLEXIÓN...

- ¿Es *La condición humana* una novela comprometida?
- ¿Qué elementos hacen que la composición de la novela sea original?
- ¿Qué diferencias encuentra entre los personajes de Kyo y de Chen?
- ¿Cómo procede Malraux para presentarnos el contexto histórico y político de la época?
- En *Lázaro*, un texto autobiográfico, André Malraux, hablando del suicidio, critica «la necesidad absurda de convertirlo en una falta o en un valor»[2]. «El hombre, nacido para la muerte, nace para quitarse la vida, si así lo decide»[3], dice. Explique cómo puede relacionarse esta idea con la novela.
- ¿Qué personaje le genera más simpatía? ¿Por qué?
- Malraux dice que quiso crear «un tipo de héroe en el que se una la aptitud para la acción, la cultura y la lucidez» (Marc 2010, 99). ¿En qué medida se aplica esta definición a los protagonistas de *La condición humana*?
- A pesar de que se recurre a técnicas cinematográficas, es bien sabido que la novela no puede adaptarse al cine. En su opinión, ¿a qué se debe?
- ¿Qué acerca *La condición humana* a *La esperanza*, otra novela de André Malraux, publicada en 1937?

---

2. Cita traducida por ResumenExpress.com
3. Cita traducida por ResumenExpress.com

- Explique el título de la novela.

¡Su opinión nos interesa!
¡Deje un comentario en la página web de su librería en línea,
y comparta sus favoritos en las redes sociales!

PARA IR MÁS ALLÁ

EDICIÓN DE REFERENCIA

- Malraux, André. 1997. *La condición humana*. Traducido por César A. Comet. Barcelona: Edhasa. E-book en PDF.

ESTUDIOS DE REFERENCIA

- Bonhomme, Béatrice y Patrice Villani. 1996. *Étude sur André Malraux*. La condition humaine. París: Ellipses, colección *Résonances*.
- Dumazeau, Henri. 1970. *Malraux:* La condition humaine. *Analyse critique*. París: Hatier, colección *Profil d'une œuvre*.
- Marc, Jean-Bernard. 2010. "André Malraux, Europa y los destinos de la cultura mundial". *Revista Umbral*. Abril. Consultado el 30 de octubre de 2016. http://umbral.uprrp.edu/sites/default/files /5_andre_malraux_europa_y_los_destinos_de_la_cultura_mundial.pdf.
- Meyer, Alain. 1991. *La condition humaine*. París: Gallimard, colección *Foliothèque*.

ResumenExpress.com

www.resumenexpress.com

ISBN ebook: 9782806283733

ISBN papel: 9782806284877

Depósito legal: D/2016/12603/422

Cubierta: © Primento

Libro realizado por Primento, *el socio digital de los editores*